MORT

Orna Ní Choileáin

Olivia Golden a mhaisigh

AN GÚM
Baile Átha Cliath

Orna Ní Choileáin a scríobh

Obair ealaíne: Olivia Golden

Dearadh agus leagan amach: An Gúm

PB Print a chlóbhuail in Éirinn

ISBN 978-1-85791-921-9

Foilseacháin an Ghúim a Cheannach

Siopaí
An Siopa Leabhar (01) 478 3814
An Siopa Gaeilge (074) 973 0500
An Ceathrú Póilí (028) 90 322 811

Ar líne
www.litriocht.com
www.iesltd.ie
www.siopagaeilge.ie
www.cnagsiopa.com
www.siopa.ie
www.cic.ie
www.amazon.co.uk

An Gúm, 24 – 27 Sráid Fhreidric Thuaidh, Baile Átha Cliath 1

Clár

1

Cloigíní Seacláide

Caithim súil timpeall an tseomra suí agus ligim osna – tá an áit ina cíor thuathail. Tá an Nollaig thart le trí seachtaine anuas. Táim ar ais ar scoil le seachtain, ach tá an crann Nollag fós ina sheasamh i gcúinne an tseomra suí. Ba bhreá liom féachaint ar an teilifís ach níl aon áit le suí ann. Tá níos mó bréagán ann ná mar a bheadh sa siopa bréagán. Tá brící ar fud an urláir, tá leabhair agus páipéar beartán ar an tolg, agus tá bábóga Shorcha agus Niamh ar na cathaoireacha uilleacha. Tá cúisíní ar an urlár áit a raibh Sorcha agus Niamh ag spraoi leo, agus tá an bosca do na maisiúcháin Nollag in aice leis an teilifíseán.

Ní maith liom a bheith ag gearán, ach bhí mé buíoch nuair a bhí saoire na Nollag thart. Bíonn Mam agus Daid gafa go maith le Sorcha agus Niamh. Bíonn spraoi ag baint leo, gan amhras, ach tá mise cúig bliana níos sine ná Sorcha agus sé bliana níos sine ná Niamh. Uaireanta, b'fhearr liom dá mbeadh duine eile sa teach – duine ar comhaois liomsa.

Agus mé ag féachaint ar an gcrann Nollag, feicim go bhfuil cloigíní seacláide fós ar crochadh air. Cuireann sé sin meangadh ar mo bhéal. Shíl mé go raibh milseáin na Nollag ar fad alptha siar ag Daid i bhfad ó shin. Tógaim ceann díobh, osclaím an páipéar órga agus caithim isteach i mo bhéal é.

'Mmm ... caramal! Blasta!'

Caithfidh sé go bhfuil dearmad déanta ag gach duine eile mar gheall orthu. Tógaim ceann eile agus ansin ceann eile fós go dtí go bhfuil siad go léir ite agam. Tá súil agam nach mbeidh Mam ar buile gur ith mé iad ar fad!

Ritheann sé liom go mb'fhéidir go bhfuil ceann nó dhó eile fágtha istigh sa chúinne ar chúl an chrainn. Brúim mé féin isteach ann go cúramach agus is ansin a fheicim í, an phléascóg. Tá sí ina luí ar an urlár in aice leis an mballa. Sínim amach mo lámh chun greim a bhreith uirthi.

2

An Phléascóg

Dath glas atá ar an bpléascóg agus í breac le réaltaí beaga buí. Ní raibh sí sa bhosca leis na pléascóga eile. Ceann ar leith is ea an ceann seo. 'Seo pléascóg speisialta duitse, a Eric,' a dúirt Mam liom Oíche Nollag nuair a thug sí dom í. Bhí Sorcha agus Niamh ina gcodladh agus bhí Mam ag iarraidh gach rud a réiteach le haghaidh Lá Nollag. 'Féadfaidh tú í a tharraingt amárach,' ar sise.

Ach bhí an oiread sin sceitimíní orm Lá Nollag go ndearna mé dearmad glan ar an bpléascóg go dtí anois.

Ba mhaith liom iarraidh ar Mham nó ar Dhaid an phléascóg a tharraingt liom ach tá siad ag iarraidh dinnéar a thabhairt do Shorcha agus Niamh faoi láthair. Beidh ina raic má fheiceann mo dheirfiúracha óga go bhfuil pléascóg speisialta agamsa agus nach bhfuil aon cheann ann dóibhsean.

Tá a fhios agam cad a dhéanfaidh mé. Anonn liom go dtí an doras. Cuirim ceann amháin den phléascóg idir an doras agus an fráma agus dúnaim an doras sa tslí is go bhfuil an phléascóg ag gobadh amach. Níl le déanamh anois agam ach í a tharraingt.

Smeach!

Titeann cúpla rud amach as an bpléascóg ar an urlár, hata glas páipéir, giota de pháipéar buí agus scéal grinn air, is dócha, agus féirín éigin eile a théann ag rolladh uaim trasna an urláir.

Speisialta? Níl a fhios agam cad atá chomh speisialta

faoin bpléascóg seo. Tá sí díreach ar aon dul leis na pléascóga eile.

Cromaim síos agus sínim amach mo lámh chun an féirín a phiocadh suas. Fear beag rubair atá ann, é cúpla orlach ar airde. Tá dath glas air agus tá cuma cineál crosta air. Ní fhaca mé féirín chomh gránna sin riamh i mo shaol.

Féachaim air ar feadh nóiméid, féachaint an féidir a lámha nó a chosa a bhogadh nó aon ní, ach ní féidir. Ach priocann rud éigin níos spéisiúla mo shúil ansin – cloigín seacláide eile ar an gcrann Nollag. Leagaim uaim an fear beag rubair agus tógaim an cloigín seacláide ón gcrann. Táim ar tí é a chur i mo bhéal nuair a chloisim glór aisteach laistiar díom.

'An bhfuil tú chun gach ceann díobh sin a ithe tú féin?' a deir an glór sin liom.

Baintear geit chomh mór sin asam go dtiteann an cloigín seacláide as mo lámh. Casaim timpeall ach níl aon duine eile sa seomra. B'fhéidir go bhfuil Daid ag iarraidh bob a bhualadh orm. Ach níl, mar is féidir liom Mam agus Daid a chloisteáil sa chistin le Sorcha agus Niamh. Is ní glór Dhaid a bhí ann ar aon chuma, ach glór beag ard agus é an-ghéar agus borb. Féachaim timpeall an tseomra arís ach níl duine ar bith ann ach mé féin. Osclaím doras an tseomra suí agus féachaim amach sa halla. Níl duine ná deoraí ann.

Tá sé sin an-ait ar fad. B'fhéidir nach bhfuil ann ach

go mbraithim beagáinín ciontach toisc gur ith mé na cloigíní ar fad. Agus mé cinnte go bhfuil mé i m'aonar, tagaim ar ais sa seomra suí agus piocaim suas an cloigín seacláide ón áit ar thit sé ar an tolg. Táim ar tí é a chur i mo bhéal arís nuair a chloisim an glór an athuair.

'A Eric, an bhfuil tú chun gach ceann díobh sin a ithe tú féin, i ndáiríre?'

Fágtar i mo staic mé. Tá guth beag géar ag caint liom – níl aon amhras faoi – agus ní Mam ná Daid ná Sorcha ná Niamh atá ann.

Is ansin a fheicim é. Tá sé ina shuí ar cheann de na cathaoireacha uilleacha ar an taobh eile den seomra. An fear beag rubair ón bpléascóg agus ceann glas gránna air.

'An bhfeiceann tú anois mé, a Eric?' a deir sé liom.

Titeann an cloigín seacláide as mo lámh arís.

3

Morf

Is é an féirín ón bpléascóg atá ag caint liom! Ach conas a d'fhéadfadh sé sin a bheith fíor, níl ann ach giota beag rubair? An é go bhfuil cadhnraí istigh ann? Piocaim suas é, ach tosaíonn an fear beag ag streachailt is ag scairteadh. Ligim amach as mo lámh é agus titeann sé ar an urlár.

'Hé,' a deir sé agus é ag éirí ina sheasamh. 'Níor cheart daoine a phiocadh suas mar sin. D'fhéadfá mé a ghortú.'

'T... tá b... brón orm,' a deirim go stadach. Nílim ábalta mo shúile a bhaint de. Bainim croitheadh as mo cheann ach tá an fear beag rubair fós ann agus é ag féachaint idir an dá shúil orm.

Cúpla orlach ar airde atá an fear beag glas. Tá súile móra dubha aige agus srón mhór fhada, agus nuair a labhraíonn sé feicim fiacla beaga géara istigh ina bhéal agus teanga bhuí. Craiceann glas atá air agus feicim anois go bhfuil réaltaí beaga buí ar a chraiceann freisin.

'Cé thusa?' a fhiafraím de ar deireadh agus creathán beag i mo ghlór fós.

'Is mise Morf,' ar sé.

'Morf? Cad as ar tháinig tú, a Mhorf?'

Tá tost ann ar feadh soicind.

'An phléascóg,' a deir sé ar deireadh.

Breathnaím ar na blúiríní cairtchláir ar an urlár. Sin a bhfuil fágtha den phléascóg. An spáslong de shaghas

éigin a bhí inti? An ó phláinéad éigin eile a tháinig sí?

'Ach cén fáth ar tháinig tú anseo chuig mo theachsa?'

'Tá a fhios agam go bhfuil cara de dhíth ort, a Eric. Táim ag iarraidh a bheith mar chara agat.' Tá sé chomh simplí sin aige. Breathnaíonn sé mórthimpeall an tseomra.

'Tá ocras orm,' ar seisean.

Ba mhaith liom tuilleadh ceisteanna a chur air, ach níl an chuma air go bhfuil sé ag iarraidh mórán eolais a thabhairt dom.

'Ar mhaith leat cloigín seacláide?' a deirim leis, agus piocaim suas an ceann a thit ar an urlár

Croitheann sé a cheann. 'Tá sin rómhilis domsa. Ach ba bhreá liom ceapaire cabáiste agus gloine bhainne.'

Ceapaire cabáiste? A leithéid! 'D'fhéadfainn gloine bhainne a fháil duit. Bíonn bainne againn i gcónaí.'

Ligeann sé osna. 'Maith go leor,' a deir sé.

Fanann seisean sa seomra suí agus bailím féin liom go dtí an chistin. Níl a fhios agam go baileach cad atá ag tarlú anseo ach is fearr dom an cuairteoir a choinneáil sásta, is dócha.

Istigh sa chistin, tá Sorcha agus Niamh ina suí ag an mbord. Tá siad díreach i ndiaidh a bheith ag ithe. Tá bia ar ghúna Niamh agus i ngruaig Shorcha agus cuid mhór iógairt thart ar a béal. Táim díreach ar tí insint do Mham agus Daid faoi Mhorf, ach chomh luath is a thagaim isteach sa seomra, tógann siad na cailíní óna

13

gcathaoireacha agus tugann siad leo i dtreo an dorais iad.

'Haigh, a Eric,' a deir Mam liom. 'Caithfimid na cailíní a chur a luí anois, ach beimid thíos arís i gceann tamaillín.'

'Oíche mhaith!' a deir na cailíní liom.

'Oíche mhaith,' a deirim leo.

Agus amach leis an gceathrar acu as an gcistin mar sin agus suas staighre leo chun ullmhú i gcomhair na hoíche.

Fágtar mise liom féin sa chistin. Tá an cartán bainne ar an gcuntar in aice leis an doirteal. Faighim gloine ón gcófra agus líonaim le bainne í.

Ar mo bhealach ar ais go dtí an seomra suí, stopaim ar feadh nóiméid sa halla. Nach amadán ceart atá ionam agus mé ag fáil gloine bhainne d'fhear beag rubair! Caithfidh sé gur shamhlaigh mé an rud ar fad mar ní féidir go bhfuil a leithéid sin de chréatúr agus Morf ann.

Ach más ann dó, cad ba cheart dom a dhéanamh leis? Ní bheadh Mam róshásta dá bhfaighfeadh sí amach go raibh spásfhirín sa teach! Ar cheart dom é a chaitheamh amach, b'fhéidir? Ach níl ann ach fear beag rubair ar deireadh thiar thall. Ní bheadh seisean ábalta mórán dochair a dhéanamh, an mbeadh?

Isteach an doras liom. Téann an dá shúil thar na mogaill orm nuair a fheicim an radharc atá romham.

4

Cruth Cuí

Ní chreidim é. Tá an seomra glan slachtmhar. Tá na leabhair go léir ar na seilfeanna agus tá na brící sa bhosca. Is ar an tolg atá na cúisíní, seachas iad a bheith caite ar an urlár. Tá maisiúcháin na Nollag sa bhosca cairtchláir, iad réidh le cur san áiléar go ceann bliana arís.

Tá Morf ar an tolg agus é ag feitheamh leis an mbainne. Casann sé a cheann agus féachann orm agus mé ag teacht isteach an doras.

'An tusa a chuir slacht ar an áit?' a fhiafraím de.

'Is ea. Mise a rinne é.' Seasann sé suas ar an tolg agus casann i mo threo. 'Bhí mé ag iarraidh cabhrú leat, mar gur cairde muid. Beidh tú ábalta do scíth a ligean anseo anois.'

'Tá sin go hiontach, a Mhorf,' a deirim leis, cé nach bhfuil tuairim dá laghad agam conas a ghlan sé an áit chomh tapa sin. 'Ach cá bhfuil an crann Nollag?'

'Sa halla,' a deir sé.

Tugaim sracfhéachaint amach sa halla agus, iontas na n-iontas, tá an crann Nollag ina sheasamh ansin réidh le cur amach. N'fheadar conas nár thug mé faoi deara é agus mé sa halla cúpla soicind ó shin.

'Conas a rinne tú sin?' a fhiafraím de. Féachann sé orm is déanann a chuid guaillí a chroitheadh.

'Bhí sé éasca go leor,' a deir sé. 'Anois, ar mhiste leat an ghloine bainne sin a thabhairt dom?'

Síos liom ar mo ghogaide agus sínim an ghloine bainne chuig Morf. Cheapfá go mbeadh an ghloine i bhfad rómhór dó, ach glacann sé uaim í. Cuireann sé a cheann siar agus ólann an deoch fhuar d'aon bholgam amháin.

'An bhfaighfeá gloine eile dom?' ar sé.

Cloisim an doras ag oscailt agus casaim timpeall ina threo. Daid atá ann. Seasann sé sa doras agus é ag féachaint isteach sa seomra. Tá a bhéal ar leathadh.

5

Faoiseamh

Nuair a chasaim ar ais chuig Morf, tá sé imithe as radharc. Tá an ghloine ar bhord beag in aice leis an tolg. 'An tusa a rinne é seo, a Eric?' a deir Daid agus é ag féachaint timpeall an tseomra. Tá ionadh an domhain air. Ní fhaca sé an áit chomh glan seo le tamall fada. Tá drogall orm freagra a thabhairt air ach, mar a tharlaíonn, ní gá dom. 'Och, táim traochta!' a deir sé agus titeann sé ina phleist ar an tolg. Tá an cianrialtán ar an mbord os a chomhair. Piocann sé suas é agus cuireann an teilifís ar siúl.

'Rud ar bith seachas na cartúin sin a mbíonn na cailíní ag féachaint orthu!' a deir sé go dóchasach. 'Tá mo dhóthain feicthe agam díobh sin! Ar mhaith leat féachaint ar scannán i mo theannta sula dtéann tú a luí?'

'Ó, ba mhaith liom, cinnte, a Dhaid,' a deirim leis, agus suím isteach in aice leis. Is fada an lá ó bhreathnaíomar ar an teilifís le chéile.

Isteach le Mam ansin. Tugann sí faoi deara láithreach cé chomh glan is atá an seomra.

'A Eric, ar ghlan tú an seomra? Maith an buachaill! Beidh am agam an níochán a dhéanamh anois.' Tá sí ar tí dul amach an doras arís nuair a bhreathnaíonn sí ar an mbeirt againn inár suí go compordach os comhair na teilifíse. 'Ach,' a deir sí, 'b'fhéidir go ligfidh mé mo scíth ar feadh cúpla nóiméad ar dtús.'

Suíonn Mam isteach ina aice liomsa. Tá Mam sona. Tá Daid sona. Is tá an chuma ar an scéal go bhfuil cara nua agamsa. Is dócha gur lá maith a bhí ann.

I ndiaidh an scannáin, téim suas chuig mo sheomra leapa. Táim réidh le dul a luí agus mé ar tí an solas a chasadh as nuair a thagann Morf amach ó chúl an chuirtín.

'Bhí sin go deas níos luaithe, nach raibh?' a deir sé. 'Fuair tú deis suí síos le do thuismitheoirí agus am a chaitheamh leo. Níor tharla sin le tamall fada, ar tharla? An bhfuil tú sásta go raibh mé ábalta cabhrú leat mar sin?'

'Tá, cinnte,' a deirim. Cé go raibh sé go deas, níl a fhios agam fós cén fáth a bhfuil sé ag iarraidh cabhrú liom.

'Go hiontach,' a deir sé. 'B'fhéidir go mbeidh mé ábalta cabhrú leat arís amach anseo. Is é sin, más féidir liom fanacht anseo.'

'Níl a fhios agam an mbeadh mo mháthair sásta leis sin,' a deirim leis.

'Ó, bheadh, cinnte.' ar seisean. 'Bheinn ábalta jabanna

beaga a dhéanamh thart faoin teach i ngan fhios di, mar a rinne mé inniu. Bheinn mar bhall den teaghlach, ach amháin nach mbeadh a fhios ag aon duine go raibh mé anseo. Ansin bheadh níos mó ama ag do thuismitheoirí le caitheamh i do theannta. Agus bheadh comhluadar agatsa. Bheadh gach duine sásta.'

'Tá go maith,' a deirim, cé go bhfuil amhras orm fós. Ach is dócha go bhfuil an ceart aige. Bheadh sé go deas cara de mo chuid féin a bheith agam anseo. Is fada mé ag fanacht air sin.

'Feicfidh mé ar maidin thú,' a deir sé ansin agus téann sé ar ais go dtí an áit a raibh sé ar chúl an chuirtín.

6

Spud agus an Bhrúid

Maidin fhuar atá ann agus mé ar mo bhealach chun na scoile. Tá an ghrian ag taitneamh go híseal sa spéir agus tá sioc le feiceáil go fóill ar an gcosán áit nár bhuail an ghrian é. Chaith mé an iomarca ama ag smaoineamh ar Mhorf ar maidin agus bhí mé déanach ag fágáil an tí. Shíl mé go mbeadh sé liom agus mé ag dul ar scoil, ach níl a fhios agam cá bhfuil sé. Caithfidh mé deifir a dhéanamh anois nó beidh mé déanach.

Nuair a bhainim an bóthar mór amach tá an maor tráchta romham amuigh i lár an bhóthair agus í ag seoladh na bpáistí trasna go sábháilte. Táim díreach ar tí mo chos a chur ar an mbóthar nuair a chuireann sí a lámh amach. Seasaim siar ar an gcosán agus tosaíonn an tráchta ag gluaiseacht arís. Beidh orm fanacht go dtí an chéad bhabhta eile.

Níos measa fós, tá Spud agus an Bhrúid ag teacht i mo threo, an bheirt bhulaithe is mó i mo rang. Niall agus Marcas atá orthu ó cheart, ach tugann gach duine Spud agus an Bhrúid orthu, mar gur beirt bhithiúnach iad. Fanaimse glan uathu nuair is féidir liom.

Tagann siad chomh fada liom agus seasann siad in aice liom ar thaobh an bhóthair – an Bhrúid go díreach in aice liom agus Spud ar an taobh eile de. Tosaíonn siad ag caint os ard lena chéile agus ligeann siad orthu nach bhfeiceann siad mé. Ach níl ann ach cur i gcéill, mar tá an Bhrúid do mo bhrú lena ghualainn. Is ag iarraidh mé a chur amach ar an mbóthar atá sé. Tá an cosán pas beag sleamhain ach déanaim tréaniarracht fanacht san áit a bhfuil mé.

'Stop!' a deirim faoi m'fhiacla. Ach coinníonn an Bhrúid do mo bhrú. Sa deireadh, caithfidh mé brú ar ais ina choinne le fanacht ar an gcosán. Níl an dara

rogha agam mar níor mhaith liom titim amach ar an mbóthar agus carr ag teacht.

Tugann an maor tráchta faoi deara go bhfuil pleidhcíocht éigin ar siúl ansin. 'Ná bígí ag brú!' a deir sí agus í ag tabhairt súil fhiata orainn. Tosaíonn Spud ag scige.

Cuireann an maor tráchta a comhartha suas, siúlann sí amach ar an mbóthar agus stopann an trácht arís. Ach nuair a leagann Spud agus an Bhrúid a gcos ar an mbóthar cuireann sí amach a lámh arís.

'Bhí sibhse drochbhéasach. Beidh oraibh fanacht go dtí an chéad bhabhta eile.'

Cuireann sé sin miongháire ar m'aghaidh.

Tá roinnt páistí eile ag fanacht chun dul trasna an bhóthair faoin am seo. Ligeann an maor tráchta dóibh dul trasna ach nuair a théimse chun siúl amach ar an mbóthar stopann sí mé.

'Tusa leis,' a deir sí liom. 'Seas siar ansin.'

Baintear an gáire de m'aghaidh. 'Ach beidh mé déanach.'

Baineann sí croitheadh as a guaillí. 'Níl aon leigheas agamsa air sin.'

A leithéid! D'fhéadfadh sí ligean dom an bóthar a thrasnú chun go mbeinn in am don scoil. Ach cad is fiú é sin a rá léi? Fanaim i mo thost ar eagla go gcuirfidh sí bac orainn den dara huair.

Faoi dheireadh ligeann sí dúinn dul trasna an

bhóthair. Isteach linn i gclós na scoile. Coinníonn Spud agus an Bhrúid orthu do mo bhrú agus muid ag siúl linn. Táim ar deargbhuile leo. Casaim timpeall agus stánaim orthu ach ní dhéanann sé difear ar bith mar go bhfuil beirt acu ann. Pléascann siad amach ag gáire gach uair a thugaim féachaint orthu. Ar deireadh déanaim iarracht neamhaird a dhéanamh díobh.

7

Mar Bharr ar an Donas

Téann an triúr againn isteach i bhfoirgneamh na scoile agus Spud agus an Bhrúid do mo chrá an t-am ar fad. Ós rud é go bhfuil siad i mo theannta agus mé ag teacht isteach sa seomra ranga síleann Múinteoir Millín go rabhamar ag spaisteoireacht timpeall lena chéile.

'A Eric, a Néill agus a Mharcais. Tá sibh mall don teist mhatamaitice. Suígí isteach sna cathaoireacha láithreach bonn. Agus ná bíodh aon phleidhcíocht ann!'

An teist mhatamaitice! Ó bhó! Le gach rud a tharla le Morf inné rinne mé dearmad glan ar an teist. Suím isteach ag mo dheasc agus cuireann Múinteoir Millín leathanach os mo chomhair.

Tógaim mo chás peann luaidhe amach as mo mhála. Ach nuair a osclaím é níl ach an t-aon pheann amháin istigh ann. Cad a tharla do mo chuid peann ar fad? Cad faoi mo chuid scriosán agus rialóirí? Sorcha agus Niamh, tá a fhios agam é!

Tógaim an peann amach. Dath glas atá air agus é breac le réaltaí beaga buí. Ach ní liomsa an peann seo, ná níl ainm ar bith air.

Breathnaím thart ar an seomra. Tá gach duine eile ag scríobh le buile. B'fhearr dom treabhadh liom, an peann seo a úsáid agus tosú ar an teist. Féachaim ar an gcéad cheist. Boscaí draíochta. Is fuath liom boscaí draíochta. Níl aon rud draíochtach fúthu. Dá gcuirfeadh Múinteoir Millín aithne ar Mhorf, bheadh tuiscint aici ar an draíocht.

Stánaim ar an bpáipéar agus mé ag smaoineamh ar an gcéad cheist.

Is ansin a mhothaím drithlíní i mo lámh.

8

Dúch Glas

Go tobann mothaím mo lámh ag bogadh thar an bpáipéar. Tá an peann ag bogadh i mo lámh agus gan aon smacht agam air. Ní féidir liom mo lámh a bhaint den pheann ach oiread. Tá an peann ag scríobh leis féin! Agus ní hamháin sin ach is dúch glas atá ag teacht amach as.

Líonann an peann na boscaí draíochta go léir isteach agus réitíonn sé na fadhbanna go léir! Leanann sé air ag scríobh agus tá an teist críochnaithe agam sula mbíonn an t-am thart go fiú!

Stopann an peann ansin agus táim ábalta mo lámh a bhogadh arís mé féin. Cuirim an peann síos ar an mbord ach titeann sé ar an urlár. Cromaim síos chun é a phiocadh suas ach sciorrann sé uaim. Sínim amach mo lámh le greim a fháil air ach tá sé rófhada uaim.

Tagann Múinteoir Millín chomh fada liom.

'Anois a Eric,' a deir sí liom, 'bhí tusa mall ag teacht isteach. Ná ceap gur leithscéal é sin duit am sa bhreis a fháil ag an deireadh.'

Tugann sí sracfhéachaint ar an mbileog os mo

chomhair amach.

'An bhfuil tú críochnaithe cheana féin?'

Scrúdaíonn sí na freagraí atá tugtha ar an mbileog go géar. Casann sí í agus breathnaíonn sí ar na freagraí ar an taobh eile. Ansin breathnaíonn sí ar gach duine eile mórthimpeall orm. Tá siadsan ar fad ag scríobh ar a ndícheall i gcónaí.

'Tá go maith,' a deir sí go hamhrasach. 'Bí i do thost go dtí go bhfuil gach duine eile réidh. Is ná bain úsáid as peann glas níos mó. Gorm nó dubh as seo amach.'

Ar ais léi go dtí a deasc féin, mo bhileog ina lámh aici i gcónaí, agus tosaíonn sí ar roinnt ceartúchán. Tugaim sracfhéachaint eile timpeall an tseomra. Cá bhfuil an peann?

Is ansin a fheicim é. Ar dheasc Spud atá sé.

Tá Spud agus an Bhrúid ag cogarnach lena chéile agus ní fheiceann siad an peann ar an deasc.

De gheit, seasann an peann suas agus tosaíonn sé ag scríobh. Tosaíonn sé ag cur freagraí ar bhileog Spud ach ní thugann ceachtar den bheirt amadán faoi deara cad atá ag tarlú.

Agus taobh amháin den leathanach líonta isteach, iompaíonn an peann an bhileog agus tosaíonn sé ar an taobh eile a líonadh isteach chomh maith!

Cén fáth a bhfuil an peann draíochta ag cuidiú leis na hamadáin sin? Níl sé tuillte acusan. Faraor, ní féidir liom dada a dhéanamh faoi sin. Léimeann an peann go dtí deasc na Brúide agus líonann na freagraí isteach ar a leathanachsan freisin. Ansin léimeann sé ón mbord agus rollálann sé trasna an tseomra chugam agus ar ais leis sa mhála in aice liom. Ardaíonn Múinteoir Millín a cloigeann. Breathnaíonn sí i mo threo an athuair. N'fheadar ar chuala sí an peann ag léim isteach i mo mhála. Fanaim mar a bheadh dealbh ann agus mé ag féachaint díreach romham. Ba bhreá liom féachaint isteach i mo mhála ach tá faitíos orm bogadh ar eagla go dtosóidh an múinteoir ag tabhairt amach dom. Tar éis cúpla nóiméad eile, buaileann an clog. An sos beag. Sciobaim an mála ón urlár agus isteach liom láithreach chuig na leithris.

Nuair a osclaím mo mhála, sacann Morf a chloigeann amach as. Tá craiceann banana ar a chloigeann. Tá sé féin clúdaithe le banana ó bhonn go baithis.

'An raibh tú istigh ansin an mhaidin ar fad?' a deirim leis. 'Bhí gan amhras,' a deir sé. 'Ach an bhfuil aon bhia agat seachas na bananaí millte seo?'

Croithim mo chloigeann. 'Rinne tú praiseach ceart de mo mhála leis na bananaí céanna,' a deirim leis.

Amach as an mála le Morf agus seasann sé ar an urlár ag féachaint orm. Faighim páipéar leithris agus glanaim na bananaí millte de mo mhála agus de mo chuid leabhar. Táim ar tí roinnt páipéir a thabhairt do Mhorf chun go nglanfadh seisean é féin freisin, ach nuair a fhéachaim anois air níl salachar ar bith air.

Caithfidh sé gur ghlan sé é féin go han-tapa ar fad.

'Iuc,' a deirim agus mé ag tógáil na gcóipleabhar amach as mo mhála.

'Cad é sin?' a fhiafraíonn Morf díom agus é ag féachaint ar chóipleabhar atá i mo lámh agam.

'Mo chóipleabhar obair bhaile. Tá sé millte agat leis an mbanana sin. Cad a dhéanfaidh mé?'

Ní deir sé aon rud.

'Éist,' a deirimse de ghlór íseal. 'Cad a d'imigh ar mo chuid peann agus cad a tharla leis an bpeann glas sin?'

Ar éigean a bhíonn na focail sin amach as mo bhéal nuair a bhuaileann an clog arís. Tá an sos beag thart.

Ligeann Morf osna. 'Brostaigh ort, a Eric. Má bhíonn tú déanach arís inniu beidh an múinteoir ar buile!'

Téann sé ar ais i bhfolach i mo mhála agus ar ais liom go dtí an seomra ranga.

9

Scríobadh Scrabhadh

Rang Béarla atá againn tar éis am sosa. Bíonn ar gach duine alt ón leabhar a léamh os ard. Is fuath liom bheith ag léamh os ard sa rang. Bím róneirbhíseach agus cuireann sin creathán i mo ghlór. Iarrann an múinteoir ormsa seasamh agus alt a léamh. Tosaím ag léamh ach táim níos measa ná riamh inniu. Tá piachán i mo ghuth agus is ar éigean a thagann fuaim ar bith amach as mo bhéal. Agus mé ag léamh, cloisim siosarnach éigin ó áit éigin in aice liom. Is ó mo mhála scoile atá an fhuaim ag teacht.

Scríobadh scrabhadh, scríobadh scrabhadh.

Caithfidh sé gur Morf atá ann! Tá sé deacair díriú ar an léitheoireacht agus an tsiosarnach sin ar siúl, ach déanaim mo dhícheall leanúint ar aghaidh.

Scríobadh scrabhadh, scríobadh scrabhadh.

Tá Múinteoir Millín ag faire go géar orm. N'fheadar an gcloiseann sise an tsiosarnach chomh maith. 'Is leor sin, a Eric,' a deir sí nuair atá mo dhóthain léite agam. 'Buíochas le Dia,' a deirim liom féin. Ligim osna agus suím síos.

'Anois, a pháistí. Tógaigí amach na cóipleabhair obair bhaile!'

Lorgaím cóipleabhar na mbananaí i mo mhála ach ní féidir liom é a aimsiú anois. Ar fhág mé istigh sa leithreas é? Ní cuimhin liom. Déanaim an mála a ransú arís agus an uair seo feicim é – an cóipleabhar obair bhaile ach gan rian den bhanana air! Tá sé chomh glan is a bhí riamh.

Osclaím an cóipleabhar agus feicim go bhfuil scéal dar teideal 'Mo Chara' scríofa ar an gcéad leathanach. Sin an scéal a bhí le scríobh againn don obair bhaile ceart go leor. Tá an chuma air gurb í mo chuidse scríbhneoireachta atá ann ach ní mise a scríobh an scéal seo. Ní hamháin sin ach tá sé scríofa i ndúch glas freisin. Ní mó ná sásta a bheidh Múinteoir Millín leis sin.

'A Eric!' a deir Múinteoir Millín. Tá sí ina seasamh díreach in aice liom agus sula mbíonn deis agam an scéal a léamh, togann sí an cóipleabhar uaim. 'Maith thú, a Eric,' a deir sí liom ansin. 'Fuair tú a deich as a deich sa teist mhatamaitice.'

Lánmharcanna sa teist! Is beag nach dtitim den chathaoir.

Leanann sí uirthi go dtí cúl an tseomra ranga ar fad, áit a bhfuil Spud agus an Bhrúid ina suí.

'Ba chóir go mbeadh náire oraibhse as na freagraí a thug sibh ar na ceisteanna sin,' a deir Múinteoir Millín leo. 'Táim chun breis obair bhaile a thabhairt don bheirt agaibh mar phionós.'

Mise atá ag gáire an uair seo. Ní ag cabhrú leo a bhí an peann draíochta in aon chor!

10

Gloine Bhainne

Ní fheicim Morf arís go dtí an tráthnóna sin. Tá Mam sa chistin ag glanadh suas i ndiaidh an dinnéir agus tá Daid thuas staighre ag iarraidh Sorcha agus Niamh a chur a luí. Táimse ag féachaint ar an teilifís sa seomra suí agus nochtann Morf in aice liom.

'Tá tart orm, a Eric,' ar seisean. 'Faigh gloine bhainne dom, maith an fear.'

'Tá go maith,' a deirim leis.

Isteach liom sa chistin. Tá Mam ansin romham. Tógaim dhá ghloine ón gcófra agus líonaim suas le bainne iad.

'Dhá ghloine?' a deir sí agus í ag féachaint ar an gcartán bainne atá nach mór folamh anois.

'Tá ... tá tart orm.'

'Is leor gloine amháin sula dtéann tú a chodladh.'

Ní féidir liom a rá le Mam go bhfuil spásfhirín beag glas istigh sa seomra suí agus gur dósan an dara gloine. I ndáiríre, ba mhaith liom an scéal ar fad a insint di – ba mhór an faoiseamh é. Ach, níl a fhios agam cad a dhéanfadh sí. Cuirim gloine amháin ar ais sa chuisneoir.

'A Mham,' a deirim léi, 'cá bhfuair tú an phléascóg sin a thug tú dom i gcomhair na Nollag?'

'Na pléascóga? Sílim go bhfuair mé san ollmhargadh iad.'

'Ach an phléascóg a thug tú domsa. Bhí sí beagáinín níos mó ná na cinn eile. Dath glas a bhí ar an bpáipéar agus bhí réaltaí buí uirthi.'

'Á, an ceann sin?' ar sí go smaointeach. 'Fuair mé ag margadh na Nollag sa chathair í, más buan mo chuimhne. Luaigh mé leis an bhfear ag an stainnín go raibh rud éigin á lorg agam duit le haghaidh stoca na Nollag. Thaispeáin sé dom an phléascóg agus dúirt sé liom gur ceann an-speisialta a bhí inti. Ní raibh ansin ach caint, is dócha! Cad a bhí ann i ndeireadh an lae? Truflais? Ná bíodh díomá ort. Níl iontu ach píosa beag spraoi!'

Déanaim miongháire léi agus ar ais liom go dtí an seomra suí. Tugaim an ghloine do Mhorf agus ólann sé siar an bainne fuar d'aon bholgam amháin.

'An bhfuil tuilleadh agat?' ar sé.

'Ní féidir liom gloine eile a fháil anois. Déanfaidh mé iarracht tuilleadh a fháil níos déanaí,' a deirim leis.

Tagann strainc feirge ar a aghaidh go tobann a bhaineann siar asam. Ach, de chasadh boise, imíonn an strainc agus déanann sé miongháire liom.

'Ná bí buartha,' a deir sé.

11

Rud Éigin Nua

Táim i mo dhúiseacht cheana féin nuair a thagann Mam isteach chun mé a mhúscailt an mhaidin lá arna mhárach. Lasann sí an solas sa seomra. Fáiscim na pluideanna mórthimpeall orm. Tá sé rófhuar le héirí amach as an leaba go fóill. 'Éirigh, a Eric,' a deir sí. 'Is ná déan dearmad go bhfuil corpoideachas agat inniu. Tá do mhála spóirt ullamh duit thíos staighre. Agus tá bronntanas beag duit in aice leis an mála freisin. Bhí mé féin agus Daid amuigh ag siopadóireacht inné do bhreithlá Shorcha. Fuaireamar rud éigin duitse chomh maith. Leathphraghas i ndiaidh na Nollag.'

'Cad é féin?' a fhiafraím di.

'Brostaigh síos an staighre go bhfeicfidh tú!'

Bailíonn Mam léi. Tá Sorcha agus Niamh ag glaoch uirthi ón seomra eile mar is gnách leo.

Éirim as an leaba agus cuirim orm mo chuid éadaigh. Síos an staighre liom agus feicim mo mhála spóirt. Tá clogad nua in aice le mo mhála, dath gorm atá air. Ach tá rud éigin níos fearr fós ina sheasamh le hais an dorais. Camán nua. Camán den scoth. Dath glas ar an adhmad agus réaltaí buí air.

Cuireann an scoil camán agus clogad ar fáil do gach dalta don rang corpoideachais, ach bíonn cead againn ár gcinn féin a úsáid chomh maith. Ní raibh mo chamán féin agam go dtí anois. Taitníonn an ceann seo go mór liom. Tá cuma úrnua air agus é breá láidir. Is nach

iontach na dathanna atá air. Glas agus réaltaí buí ...
'Go raibh maith agat, a Mham!' a scairtim le Mam. Tá
sí fós thuas staighre.

'Tá fáilte romhat, a stór!' a fhreagraíonn sí ó sheomra
leapa na gcailíní. Is ar éigean is féidir í a chloisteáil
os cionn ghlórtha Shorcha agus Niamh. Tá siad ag
preabadh ar na leapacha is ag gáire go hard. 'Stopaigí!
Socraigí síos anois!' atá á rá ag Mam anois.
Déanaim an camán a luascadh san aer. Iontach.
'Go raibh maith agat!' a scairtim arís. Sacaim an
camán isteach i mo mhála spóirt.

Tar éis dom babhla calóga arbhair a alpadh siar,
amach an doras liom. Braithim go maith agus mé ag
siúl chun na scoile inniu le mo chamán nua. Lá aisteach
a bhí agam inné, idir an teist mhatamaitice agus an
obair bhaile. Ach lá maith a bhí ann freisin. N'fheadar
cad a bheidh i ndán dom inniu.

Táim i bhfad níos luaithe inniu ná mar is gnách liom
a bheith. Beidh mé istigh sa scoil i bhfad roimh Spud
agus an Bhrúid. Ní ligfidh mé dóibh moill a chur orm
inniu.

Níl Morf feicthe agam fós ón oíche aréir. N'fheadar
cá bhfuil sé?

12

Cóitseálaí Millín

Bíonn rang corpoideachais againn uair sa tseachtain ar scoil. Is breá le Múinteoir Millín na ranganna sin a stiúradh. Tá feadóg airgid aici agus tá sí dúghafa léi. Coimeádann sí ina tarraiceán sa seomra ranga í agus nuair a chuireann sí an fheadóg timpeall a muiníl don rang, caithfimid 'A Chóitseálaí' seachas 'A Mhúinteoir' a thabhairt uirthi.

'A chailíní agus a bhuachaillí! Socraígí síos anois le bhur dtoil!' a deir Múinteoir Millín agus í amuigh ar an bpáirc nó sa halla spóirt. Ansin séideann sí an fheadóg. Is breá léi an fheadóg sin a shéideadh.

An téarma seo caite chaitheamar na ranganna corpoideachais ar fad ag imirt peile. Iománaíocht atá á himirt againn an téarma seo. Is í Múinteoir Millín a ainmníonn na captaein agus roghnaíonn na captaein a gcuid foirne féin ansin.

Cúig dhuine dhéag a bhíonn ar fhoireann iománaíochta. Triúr is tríocha atá i mo rangsa, mar sin, bíonn dhá fhoireann ann agus is ionadaithe iad na daoine a bhíonn fágtha ina dhiaidh sin.

Sclábhaíocht a dhéanann na hionadaithe. Nuair a théann sliotar nó liathróid ar seachrán bíonn orthu dul ar a dtóir. Chomh maith leis sin, bíonn orthu na clogaid, na camáin is na sliotair a dháileadh amach agus a bhailiú agus na cóin a chur amach ar an bpáirc.

Cuid mhaith den am ní roghnaítear mise ar aon cheann de na foirne, is níor roghnaíodh mé mar chaptaen riamh. Mar sin, bímse i m'ionadaí de ghnáth. Ní miste liom, ach amháin go sílimse go bhfuil mé maith go leor le bheith ag imirt. Ní aithníonn duine ar bith eile sin, is cosúil. Ach tá súil agam go mbeidh seans agam triail a bhaint as mo chamán nua inniu ar aon nós.

Amach linn ar an bpáirc uile-aimsire. Tá an lá fuar ach níl aon sioc ann inniu. Séideann Múinteoir Millín an fheadóg agus bailíonn na daltaí mórthimpeall uirthi. Tá cuid acu ag féachaint ar mo chamán nua. Is léir gur maith leo é.

'A chailíní agus a bhuachaillí! Socraígí síos!' a deir Múinteoir Millín agus séideann sí an fheadóg an athuair. Ansin labhraíonn sí liomsa, rud nach raibh mé ag súil leis. 'A Eric, bhí do chuid obair bhaile an-mhaith ar fad. Beidh tusa mar chaptaen ar an bhfoireann ghlas inniu.'

Is beag nach dtitim as mo sheasamh.

Tugaim faoi deara go bhfuil Múinteoir Millín ag breathnú ar an gcamán nua agam. Tá an chuma uirthi go bhfuil sí an-tógtha leis. B'fhéidir gurb é an camán a roghnaigh sí seachas mise. Ach is cuma liom faoi sin, beidh mé i mo chaptaen foirne ar aon nós.

13

An Feall

Aimnítear Ciara mar chaptaen ar an bhfoireann dhearg. Ise an t-iománaí is fearr sa rang. Roghnaíonn an bheirt againn ár gcuid foirne. Fágtar Spud, an Bhrúid, agus cailín darb ainm Sinéad mar ionadaithe an uair seo agus bíonn orthu fanacht ar an taobhlíne.

Séideann Múinteoir Millín an fheadóg. Caitheann sí an sliotar san aer i lár na páirce agus cuirtear tús leis an gcluiche. Is sa líne thosaigh atá mise ag imirt. Braithim éadrom ar na cosa agus an camán seo i mo lámh agam. Tagann an sliotar i mo threo agus faighim greim láimhe air. Ansin, caithim suas é agus tarraingím buille air le mo chamán nua. Téann an sliotar idir na cuaillí. Cúilín! D'aimsigh mé cúilín!

'Maith sibh!' a deir Múinteoir Millín leis an bhfoireann.

Ní róshásta atá Spud ná an Bhrúid. Tá siadsan ina seasamh ar an taobhlíne fós agus iad ag éirí corrach. Tosaíonn siad ag útamáil leis na cóin.

'A ionadaithe!' a scairteann Múinteoir Millín tar éis tamaill. Cloisim cúpla duine thart orm ag ligean osna astu. Ní maith le duine ar bith é nuair a bhíonn Spud agus an Bhrúid ag imirt. Bíonn siad garbh agus is minic a dhéanann siad feall ar dhaoine. B'fhearr le gach duine mura mbeidís ar an bpáirc in aon chor. Sin an chúis nach roghnaítear riamh iad. Ach níl neart air sin anois. Caithfidh an duine deireanach a roghnaíodh ar an dá fhoireann imeacht den pháirc chun ligean dóibh teacht isteach.

Imíonn an buachaill a bhí do mo mharcáil ón bpáirc, agus tagann an Bhrúid isteach ina áit. Beidh seisean do mo mharcáil anois, faraor! Cuirtear tús leis an imirt in athuair. Tá an Bhrúid chomh brúidiúil is a bhí riamh. Fiú nuair nach bhfuil an sliotar ar an taobh seo den pháirc, brúnn sé i mo choinne lena ghualainn, seasann sé ar mo chosa agus tarraingíonn sé ar mo gheansaí. Ansin nuair a thagann an sliotar inár dtreo, cuireann sé a chamán timpeall orm agus tarraingíonn siar mé. Ní dhéanann sé iarracht breith ar an sliotar fiú amháin! Ar deireadh ní bhacann daoine an sliotar a chur chugam níos mó mar nach fiú é. Leanann cúrsaí ar aghaidh mar sin ar feadh an chuid is mó den leath. Ach ansin, agus an Bhrúid do mo bhrú den fhicheadú uair, sleamhnaíonn sé agus titeann ar an talamh. Feiceann na himreoirí eile ar an bhfoireann go bhfuil mé saor agus cuirtear an sliotar i mo threo. Ach sula dtagann sé chomh fada liom mothaím pian ghéar i mo chos dheas. Tá an Bhrúid i ndiaidh mé a bhualadh lena chamán. Scairtim amach, scaoilim uaim an camán agus titim go talamh in aice leis an mBrúid.

Féachaim suas ón talamh agus feicim rud ait os mo chionn – tá mo chamán ar snámh san aer! Tagann an sliotar tríd an aer ar luas lasrach agus buaileann an camán i dtreo na gcuaillí é. Ansin titeann an camán síos ar an talamh in aice liom. Soicind ina dhiaidh sin, cloisim béic ón bhfoireann: 'Cúl!'

Féachaim ar an mBrúid agus é ar an talamh in aice liom. Féachann sé ar ais orm agus gáire leamh ar a aghaidh. Is léir gur bhuail sé mo chos lena chamán ón áit ar thit sé. Agus bhí sé chomh gnóthach sin ag baint

tuisle asam nach bhfaca sé an camán ar snámh san aer, ná é ag tarraingt buille ar an sliotar. An t-amadán!

14

Meadhrán Cinn

'Hé!' a deir Spud agus é ag teacht chomh fada linn.
'Conas a tharla sé sin? Ní féidir an cúl sin a cheadú, an
féidir?'

'An bhfuil tú dúr?' a deir buachaill eile leis. 'Tá tusa
ar aon fhoireann linne! Cúl a bhí ann! Cén fáth nach
gceadófaí é?'

'Ach,' a deir Spud, 'bhí Eric tar éis scaoileadh leis an
gcamán. Nuair a bhuail sé an sliotar, bhí an camán fós
san aer gan greim ag aon duine air!'

Feicim cuid de na daltaí eile ag croitheadh a gcloigne.
Síleann siad gur ag magadh atá Spud. Ní fhaca siadsan
go díreach an méid a tharla mar go raibh Spud féin sa
tslí orthu.

'Ar aon chuma,' a deir buachaill eile atá ar aon
fhoireann liom, 'chuaigh an sliotar isteach sa chúl.
Nach é sin an rud is tábhachtaí?'

Séideann Múinteoir Millín an fheadóg. Tá an cluiche
thart.

'Tá an bua ag an bhfoireann ghlas inniu!' a fhógraíonn
sí. Tugann gach duine bualadh bos dúinn. Ach, tá pus

ar Spud ainneoin gur bhuamar an cluiche.

Tagann Ciara, an captaen ar an bhfoireann dhearg, chun lámh a chroitheadh liom. 'An bhfuil tú ceart go leor?' a fhiafraíonn sí díom. 'Ní féidir leis-sean dul amach ar an bpáirc gan feall a dhéanamh ar dhuine éigin.'

'Táim ceart go leor,' a deirimse. 'Bhuail mé mo chloigeann ar an talamh nuair a thit mé agus beidh ball bruite ar mo chos, táim cinnte. Ach beidh mé go breá.'

Déanann sí miongháire liom. Siúlaimid i dtreo an halla chun deoch uisce a fháil.

Tá mo chloigeann ceart go leor ach tá mearbhall orm mar gheall ar an méid a tharla, mar sin féin. Mo chamán ag tarraingt buille as féin ar an sliotar. Níl a fhios agam anois ar shamhlaigh mé an rud ar fad. Ach nach bhfaca Spud é chomh maith? Nach in é go díreach an rud a dúirt sé?

Ar an mbealach chun an halla labhraíonn Múinteoir Millín le Spud agus an Bhrúid. 'Ar mhiste libhse na camáin agus na clogaid a bhailiú agus a chur ar ais sa stóras, le bhur dtoil?'

'Ní miste, a Chóitseálaí,' a deir siad léi go híseal. Is léir nach bhfuil siad róshásta leis an obair seo, ach caithfidh siad a bheith béasach nó cuirfear nóta eile abhaile chuig a dtuismitheoirí.

Tugann sí málaí na gcamán is na gclogad dóibh. Téann siadsan chun an trealamh ar fad a bhailiú.

Isteach linn sa halla agus fágaimid ár gcuid camán agus clogad ar leataobh. Tá umar uisce ansin agus déanaimid ár mbuidéil a líonadh ann.

'Is maith liom an camán nua agat,' a deir Ciara liom agus muid ag ól. 'Cá bhfuair tú é?'

Táim ar tí freagra a thabhairt uirthi ach ansin féachaim thart agus feicim nach bhfuil an camán san áit ar fhág mé é. Caithfidh sé go bhfuil Spud agus an Bhrúid i ndiaidh é a thabhairt leo.

'Níl sé ansin!' a deirim le Ciara. 'Gabh i leith go bhfaighimid é.'

15

Camán Beo

Nílimid chomh fada leis an seomra stórais fós nuair a chloisimid Spud agus an Bhrúid. Istigh sa stóras atá siad. Cloisim Spud ag beicíl: 'Fan glan amach uaim, nó brisfidh mé thú i do dhá leath!' Caithfidh sé gur ag troid lena chéile atá an bheirt acu. Is minic a bhíonn siad ag troid.

Nuair a fhéachaim isteach sa seomra stórais ansin feicim Spud agus an Bhrúid. Ach ní ag troid lena chéile atá siad. Tá a ndroim linn agus tá siad ina seasamh go righin ag féachaint ar an urlár. Tá a gcuid lámh amach rompu mar a bheidís ag iarraidh iad féin a chosaint ar rud éigin. Feicim go bhfuil mo chamán ar an urlár agus gur air sin atá siad ag féachaint. An ag labhairt leis an gcamán a bhí Spud ar an gcéad dul síos?

'Cad atá cearr libhse?' a fhiafraím díobh.

'Níl rud ar bith cearr liomsa,' a deir an Bhrúid go borb agus é ag casadh timpeall chugainn. 'Is le do chamán atá an fhadhb!' Tá cuma chiaptha ar an mbeirt acu.

Siúlaim tharstu agus piocaim suas an camán. 'Mo

chamánsa?' a deirim agus mé ag féachaint air. 'Cad atá i gceist agat?'

'Bhuail sé mé!'

'Bhuail sé thú?' a deirimse leis. 'Sin amaidí.'

'Agus bhuail sé mise freisin!' a deir Spud. 'D'aon ghnó!'

'Éistigí,' a deir Ciara. 'Stadaigí den mhagadh nó beimid déanach don chéad rang eile.'

Níl aon amhras ar Chiara faoin gcamán, is cosúil. Agus nuair a bhreathnaím air feictear dom nach bhfuil aon rud as alt leis. Ach nuair a fhéachaim ar an mbeirt bhuachaillí os mo chomhair amach is léir go bhfuil siad scanraithe ar fad. An féidir gur bhuail an camán iad?

'Tá an camán sin beo!' a deir Spud. 'Nach dtuigeann sibh mé?'

'Tá, gan amhras!' a deirim faoi dheireadh. 'Ach cén fáth ar thóg sibh é, ar aon chuma, má bhí a fhios agaibh gur liomsa é? Ar aon nós, nílimse chun fanacht anseo ag éisteacht libhse níos mó nó beidh Múinteoir Millín sa tóir orainn ar fad.'

Siúlaim tharstu arís i dtreo an dorais. Cúlaíonn an bheirt acu siar uaim agus mé ag siúl tharstu. Sacaim an camán isteach i mo mhála spóirt agus bailíonn mé féin agus Ciara linn ar ais i dtreo an halla arís.

'Bhí sin aisteach,' a deir sí liom. 'Ach caithfidh sé nach raibh siad ach ag magadh.'

'Is dócha é,' a deirim léi. Ach ag an am céanna táim

ag smaoineamh ar an bpeann draíochta agus ar Mhorf. An bhfuil seans ann go bhfuil siad ag insint na fírinne?

Táimid leath slí idir an stóras agus an halla nuair a thagann Múinteoir Millín inár dtreo agus í ag iompar trealamh spóirt.

'Cén mhoill atá ar na buachaillí sin?' a deir sí go mífhoighneach. Níl sí sásta leo in aon chor. Cuireann sé sin ag gáire go ciúin mé. 'Féach, táim tar éis dhá shliotar eile mar aon le trí chón a aimsiú amuigh ar an bpáirc!' a deir sí.

Cuireann sí an trealamh spóirt síos ar an urlár in aice linn agus téann sí ag útamáil chun eochracha an stórais a fháil amach as a póca.

'Ar mhiste libhse an trealamh sin a iompar chomh fada leis an stóras dom, le bhur dtoil?' a deir sí linn. 'Caithfidh mise an áit a chur faoi ghlas.'

Ar ais linn go dtí an seomra stórais ach nuair a thagaimid chomh fada leis tá sé faoi ghlas cheana. Nár fhágamar an doras ar oscailt nuair a d'fhágamar an stóras nóiméad ó shin? Níor chuir mise glas air ar aon nós agus ní féidir glas a chur air ón taobh istigh.

Osclaíonn Múinteoir Millín an doras. Tá Spud agus an Bhrúid istigh sa stóras fós, ach nuair a osclaítear an doras, ritheann siad amach as chomh tapa agus is féidir leo.

'An camán! Tá sé beo!' a deir Spud de bhéic. 'Léim sé amach as mála Eric agus dhún sé an doras orainn!'

Síneann sé méar i dtreo an chamáin atá ag gobadh amach as mo mhála.

'Agus bhuail sé muid freisin!' a deir an Bhrúid, agus scéin ina ghuth.

Casann Múinteoir Millín i mo threo agus ardionadh uirthi.

16

An Scéal a Scaoileadh

Ag am lóin, táim i mo shuí liom féin amuigh ar bhinse sa chlós. Tá na páistí eile ag crochadh thart i ngrúpaí beaga ag caint nó ag imirt cluichí. Lá fada a bhí ann go dtí seo. Tar éis an rud a tharla sa stóras bhí orm féin, Ciara, Spud agus an Bhrúid dul isteach chuig oifig an phríomhoide. Bhí an príomhoide ar buile linn ar fad. Ach ní fhéadfadh duine ar bith aon mhíniú a thabhairt di ar conas a cuireadh doras an stórais faoi ghlas. Dúirt Spud agus an Bhrúid gurbh é an camán a rinne é ach dúirt an príomhoide leo nach raibh ansin ach amaidí. Ansin thosaigh siad ag rá gur mise a bhí ann. Mise nó Ciara. Bhí sé ina raic ar fad agus thug sí obair bhaile sa bhreis don cheathrar againn sa deireadh.

Amuigh sa chlós tagann Ciara anall chugam. Suíonn sí ar an mbinse in aice liom.

'Cad a tharla níos luaithe le Spud agus an Bhrúid in aon chor?' ar sí. 'Ní chreidim go bhfuilimidne i dtrioblóid mar gheall air. Ní dhearnamar rud ar bith mícheart.'

'Bhí sé aisteach, ceart go leor,' a deirim. 'Ach ní hé

sin an rud is aistí a tharla domsa le cúpla lá anuas.'

'Cad atá i gceist agat?' a deir Ciara go fiosrach.

Fanaim i mo thost ar feadh soicind. Ba mhaith liom insint di faoi na rudaí atá ag titim amach le tamall, ach tá eagla orm go sílfidh sí gur gealt atá ionam. Ach ag an am céanna, caithfidh mé labhairt le duine éigin faoi nó rachaidh mé as mo mheabhair. Agus caithfidh mé a oibriú amach ar cheart dom rud ar bith a dhéanamh faoi Mhorf. Níl mé iomlán cinnte, fiú amháin, an eisean atá taobh thiar de na heachtraí seo ar fad. Faoi dheireadh déanaim cinneadh an scéal ar fad a insint di ... faoin bpléascóg, faoi Mhorf, faoin bpeann draíochta, faoin gcamán ...

Éisteann Ciara go ciúin leis an scéal ar fad. Is léir go bhfuil amhras uirthi faoin rud atá mé á rá, agus tuigim di! Tá an rud ar fad chomh háiféiseach go mbeadh amhras ormsa dá gcreidfeadh sí an rud ar fad gan é a cheistiú. Ach ar a laghad chonaic sí chomh scanraithe agus a bhí Spud agus an Bhrúid níos luaithe, agus tuigeann sí go raibh rud éigin aisteach ag tarlú.

'Mar sin,' a deir Ciara liom nuair atá an scéal ar fad inste agam, 'an dóigh leat gur Morf a bhí sa pheann draíochta agus sa chamán? Nó cén bhaint a bhí aige leis na rudaí sin?'

'Níl a fhios agam,' a deirim léi. 'Ach táim cinnte go bhfuil baint aige leo, mar níor thosaigh na nithe sin ag tarlú go dtí gur leaindeáil seisean i mo theachsa. Deir sé go bhfuil sé ag iarraidh bheith mar chara agam, agus cá bhfios ach gurb é sin atá ar siúl aige. Chabhraigh sé liom leis an teach a ghlanadh, leis an scrúdú matamaitice agus leis an gcluiche iománaíochta. Ní hé go bhfuil sé i ndiaidh dochar ar bith a dhéanamh.'

Féachann sí orm agus amhras le brath ar a haghaidh go fóill.

'An gcreideann tú an méid atá á rá agam?' a fhiafraím di, agus mé ag súil le Dia nach síleann sí go bhfuil mé as mo mheabhair ar fad.

'Ba mhaith liom thú a chreidiúint,' a deir sí, agus cé go bhfuil sé soiléir go bhfuil amhras uirthi faoin rud ar

fad, tá sí ag breathnú orm go tuisceanach. 'Caithfidh mé a rá gur shíl mé go raibh rud éigin aisteach ag baint leis an gcamán sin,' a deir sí. 'Agus b'aisteach an rud a dúirt Spud agus an Bhrúid faoi freisin ... go raibh sé beo! Ach ní fhéadfadh sé gur ionsaigh sé iad. Ní dhéanfadh Morf sin dá mbeadh sé ag iarraidh cabhrú leat!'

'B'fhéidir go bhfuil an ceart agat. Ach cad ba cheart dom a dhéanamh faoin rud ar fad?'

'Fan go bhfeicfimid cad a tharlóidh. Mar a dúirt tú, níl sé i ndiaidh aon dochar mór a dhéanamh go dtí seo. B'fhéidir nach raibh Spud agus an Bhrúid ach ag déanamh scéal mór as an gcamán. Níor gortaíodh iad ar chor ar bith. B'fhearr dúinn fanacht go ceann tamall eile, agus má tharlaíonn rud ar bith eile, inseoimid an scéal do do thuismitheoirí ansin. Beidh a fhios acu cad ba cheart a dhéanamh.'

'Nó b'fhéidir nach gcreidfidh siad muid in aon chor!'

'Beidh orainn dul sa seans leis sin, is dóigh liom. Ach ná lig ort go bhfuil tú in amhras faoi Mhorf ar chor ar bith. Má tá rud éigin aisteach ar siúl anseo, is fearr go mbeimis céim amháin chun tosaigh air i gcónaí.'

Buaileann an clog le cur in iúl dúinn go bhfuil am lóin thart. Téimid ar ais go dtí an seomra ranga arís.

17

Comhrá agus Ceapaire

Táim i mo shuí ag an deasc i mo sheomra leapa agus mé ag stánadh ar na ceachtanna breise go léir a thug an príomhoide dom. Tá tinneas cinn ag teacht orm agus mé ag iarraidh tuiscint a bhaint astu. Ní féidir liom m'aird a dhíriú ar an obair.

Tá Morf ina shuí ar an deasc in aice liom, na cosa ag luascadh faoi. Measaim go bhfuil sé tar éis fás. Tá ceapaire bagúin á ithe aige. Choimeád mé an bagún dó ag am tae. Is aoibhinn leis ceapairí feola. Is breá leis glasraí chomh maith agus bainne, ar ndóigh, agus éiríonn sé cantalach nuair nach bhfaigheann sé iad.

'Cad é sin?' a deir Morf liom agus é ag breathnú ar na ceachtanna breise a fuair mé.

'Obair bhaile sa bhreis.'

'Cén fáth a bhfuil obair bhaile sa bhreis agat? Shíl mé go raibh ag éirí go maith leat ar scoil?'

'Tá, ach bhí roinnt trioblóide ann i ndiaidh an ranga corpoideachais. Thug an príomhoide obair bhaile sa bhreis domsa, do Chiara, agus don bheirt chlaidhrí eile.'

'Spud agus an Bhrúid?'

'Díreach é.'

'Is naimhde leat iad.'

'Naimhde liom iad? Bhuel, bíonn siad ag cur isteach orm ceart go leor. Ach ní déarfainn gur naimhde liom iad.'

'Bheinnse in ann fáil réidh leo,' a deir Morf de chogar agus é ag claonadh chugam.

'Fáil réidh leo? Cad atá i gceist agat go mbeifeá ábalta fáil réidh leo?'

Tá loinnir aisteach i súile Mhorf. 'Is mise do chara, a Eric. Nílim ach ag iarraidh cabhrú leat. Ghoid

na hamadáin sin do chamán. Cá bhfios cad eile a dhéanfaidís le tú a chrá!'

'Goid siad mo chamán? Conas a bheadh sé sin ar eolas agatsa?' a fhiafraím de, agus mé ag iarraidh eolas éigin a tharraingt as.

Ligeann Morf méanfach agus nochtann sé a theanga bhuí. 'Bhuel, sin an rud a tharla, nach ea? Ach ná bí buartha. Ní ligfinnse dóibh dochar a dhéanamh don chamán.'

'Ach ní raibh tusa ann,' a deirim leis. 'Mar sin, ní bheifeá ábalta aon rud a dhéanamh chun iad a stopadh.'

Ní deir Morf rud ar bith, ach tá cuma cineál feargach air.

'Cé hí Ciara?' a fhiafraíonn seisean go tobann. 'Dúirt tú go bhfuair sise obair bhaile sa bhreis freisin. Cé hí féin?'

'Is ise an cara nua atá agam. Bhí sí in éineacht liom agus mé ag iarraidh an camán a fháil ar ais ó Spud agus an Bhrúid.'

'Ó,' a deir Morf, agus breathnaíonn sé orm ar bhealach aisteach, mar a bheadh amhras air faoi rud éigin.

Tugaim aghaidh ar mo chuid obair bhaile arís.

18

Coiléar Glas

Tá madra fáin do mo leanúint chun na scoile inniu. Bhí sé ina shuí taobh amuigh de gheata an tí an chéad rud ar maidin. Madra dubh atá ann. É measartha mór – chomh hard le mo chromán, b'fhéidir. Tá súile móra dubha aige agus cluasa móra a sheasann in airde nuair a deirim 'heileo' leis. Níl a fhios agam cad atá ann, ach tá rud éigin difriúil faoin madra seo. Tá fionnadh dubh air, mar a dúirt mé, ach nuair a thiteann solas na gréine air, cheapfá go bhfuil loinnir éigin ghlas air. Is dócha nach bhfuil ann ach go bhfuil solas na maidine ag cur speabhraídí orm.

'A Mhorf?' a deirim leis, ach ní dhéanann sé ach féachaint orm agus a eireaball a chroitheadh. B'fhéidir gur gnáthmhadra atá ann, i ndeireadh na dála. Ach cá bhfuil Morf, mar sin?

Nuair a thosaím ag siúl suas an tsráid i dtreo na scoile, tosaíonn an madra ag siúl i mo theannta. Is iomaí madra a dhéanfadh a leithéid agus ní chuirfeadh sin isteach orm. Ach ansin stopann sé díreach in aice liom ar an gcosán, áit a bhfuil an maor tráchta.

Suíonn sé ansin agus é ag feitheamh léi. Madra deas atá ann de réir dealraimh – tá cuma chairdiúil air agus an t-eireaball á chroitheadh aige i gcónaí. Déanaim a chloigeann a shlíocadh. Taitníonn sé sin leis. Croitheann sé a eireaball níos tapúla.

Trasna an bhóthair linn. Leanaimid orainn agus tagaimid chomh fada leis an scoil. Ní miste liom é a bheith ag siúl in éineacht liom, ach anois tá sé ag iarraidh teacht isteach geata na scoile liom freisin.

'Hé, a mhaidrín, ní féidir leat teacht isteach sa scoil liom!' a deirimse leis. Bhí go leor trioblóide ann le cúpla lá, is nílim ag iarraidh a thuilleadh trioblóide a tharraingt orm féin.

Cloisim an chéad chlog ag bualadh istigh sa scoil. Tosóidh na ranganna i gceann cúig nóiméad. Breathnaím ar an maidrín.

'Fan, a mhaidrín. Fan anseo.'

Suíonn sé síos. Go maith. Isteach liom trí gheata na scoile ansin. Táim beagnach ag doras na scoile nuair a thugaim sracfhéachaint siar. Tá sé fós ina shuí ag an ngeata. Go maith.

Ach nuair a bhrúim doras na scoile isteach braithim rud éigin ag tarraingt ar mo chóta. Breathnaím síos agus feicim go bhfuil an madra in aice liom arís agus greim aige ar bhun mo chóta! Tá sé fós ag iarraidh dul ar scoil liom.

'Hé, a mhaidrín, ní féidir leat teacht isteach anseo.

Téigh abhaile.' Ach ní bhogann sé ón áit a bhfuil sé. 'Abhaile leat!'

Is ansin a thugaim faoi deara go bhfuil coiléar timpeall ar a mhuineál aige. Coiléar glas. B'fhéidir nach madra fáin é tar éis an tsaoil.

'Tar anseo,' a deirim. Éisteann sé liom an uair seo, tagann anall chugam agus seasann díreach in aice liom. Tá réiltín buí ceangailte dá choiléar. Tógaim i mo lámh é go bhfeicfidh mé cad atá scríofa air.

'Eric.'

Baineann sé sin geit asam. Madra darb ainm Eric?

Tá an madra ag féachaint idir an dá shúil orm anois. Breathnaím mórthimpeall orm ar eagla go bhfuil Morf i ngar dom. Níl duine ná deoraí ann. 'Cad a dhéanfaidh mé leat mar sin?' a fhiafraím den mhadra. 'Níl cead agat teacht isteach ar scoil.' Osclaíonn doras na scoile arís. An príomhoide atá ann, beidh trioblóid ann anois.

'A Eric,' a deir sí. 'Ní féidir an madra sin a thabhairt isteach ar scoil leat. Beidh air fanacht taobh amuigh den gheata. Nó níos fearr fós, imeacht leis abhaile! Agus isteach leatsa anois nó beidh tú déanach don rang.'

Déanaim an madra a shlíocadh uair amháin eile is téim isteach sa scoil. Siúlann an madra ar ais go dtí geata na scoile agus suíonn sé síos ansin. 'Cad is ainm do do mhadra, a Eric?' a fhiafraíonn an príomhoide díom agus mé ag siúl i dtreo an ranga. Tagann na focail amach as mo bhéal sula mbíonn deis agam smaoineamh faoin bhfreagra in aon chor.

'Morp' a deirim.

19

An Cara is Fearr

Isteach liom sa seomra ranga. Tá cuid de na daltaí ag féachaint amach an fhuinneog. Gabhaimse trasna chucu lena fháil amach cad air a bhfuil siad ar fad ag féachaint. Is é an madra atá ann, is léir go bhfuil siad an-tógtha leis. Ach braithim beagáinín míchompordach faoi seo.

'A Eric,' a deir Ciara liom de chogar agus mé ar mo bhealach go dtí mo dheasc, 'an leatsa an madra sin?' Sula mbíonn deis agam aon fhreagra a thabhairt uirthi tosaíonn Múinteoir Millín ag béicíl. 'Socraígí síos, a dhaltaí!' a deir sí. 'Agus ná bígí ag féachaint amach an fhuinneog níos mó! Anois táim chun bhur gcuid obair bhaile a thabhairt ar ais daoibh. Breathnaígí ar na ceartúcháin.' Stopann sí in aice le mo dheasc agus tugann sí mo chóipleabhar ar ais dom. 'Ach ar ndóigh, níl aon cheartúcháin le déanamh agatsa, a Eric. Ar mhiste leat do scéalsa a léamh amach don rang ar fad? Caithfidh mé a rá gur bhain mé an-taitneamh as.'

Féachaim uirthi gan dada a rá.

'Na bí ag moilleadóireacht anois. Suas leat go barr an ranga,' a deir Múinteoir Millín.

Barr an ranga? Níos measa fós. Ach níl an dara rogha agam.

Téim suas go dtí barr an ranga. Osclaím an cóipleabhar agus tugaim sracfhéachaint ar an scéal atá scríofa ann. Is é mo scéalsa atá ann, ach go bhfuil sé difriúil leis an gceann a scríobh mise. An-difriúil ar fad. Ar an gcéad dul síos, tá sé scríofa i ndúch glas.

'Bhuel, a Eric?' a deir Múinteoir Millín. Filleann sí a lámha ar a chéile.

Glanaim mo scornach agus tosaím ag léamh. Mo Chara is teideal don scéal.

'Ar feadh i bhfad, bhí mé uaigneach, theastaigh cara uaim go géar. Ach ansin tháinig Morp ...'

'Morf' a bhí scríofa sa scéal ach deirimse 'Morp' agus mé á léamh. Síleann gach duine gurb é an madra atá i gceist agam. Nuair atá an scéal léite agam, tugann gach duine bualadh bos dom. Ritheann sé liom gur léigh mé an scéal ar fad gan oiread is botún amháin a dhéanamh. Ní raibh piachán i mo ghuth ach oiread. Táim ar tí filleadh ar mo dheasc ach níl Múinteoir Millín críochnaithe liom fós.

20

An Teist Mhatamaitice Arís

'Fan nóiméad, a Eric,' a deir Múinteoir Millín. 'Matamaitic a bheidh againn anois. D'éirigh leatsa an teist mhatamaitice a dhéanamh an lá faoi dheireadh gan fadhb ar bith. Ar mhiste leat léiriú don rang conas cuid de na ceisteanna a réiteach?'

Tagann cineál imní orm anois. Cuireann Múinteoir Millín an clár bán idirghníomhach ar siúl. Cad atá le feiceáil air ach cóip den teist mhatamaitice a rinneamar ar an Luan. Boscaí draíochta. Fadhbanna le réiteach. Agus níl aon pheann draíochta le teacht i gcabhair orm an uair seo!

'Ar aghaidh leat, a Eric,' a deir Múinteoir Millín. 'Is féidir tosú ar an dara ceist. Tá na boscaí draíochta ró-éasca duitse.'

Ró-éasca? Ó, a Thiarna! Breathnaím ar an dara ceist. An clog. Ceist mar gheall ar an méid ama a thógfadh sé ar shatailít taisteal ó stáisiún spáis amháin go dtí ceann eile agus é ag taisteal ar luas áirithe.

Smaoiním ar feadh soicind. 'Trí uair an chloig?' a deirim os ard. Ach is léir ó aghaidh an mhúinteora nach bhfuil sin ceart. Ach níl a fhios agam conas an cheist a réiteach, agus níl aon duine anseo chun cabhrú liom níos mó.

'Ní hea,' a deir Múinteoir Millín agus iontas uirthi. 'Trí *lá* atá i gceist. Ach ná bí buartha. Déan an chéad cheann eile go bhfeicfimid.'

Bainim triail as an gcéad cheist eile. Tugaim an freagra mícheart arís. Tá cogar mogar ar siúl ag cuid de na daltaí eile anois. 'Caithfidh sé gur ghoid sé na freagraí ó dhuine éigin eile an lá faoi dheireadh, mar níl sé ábalta na ceisteanna sin a fhreagairt!' a deir duine acu agus tosaíonn cuid acu ag sciotaíl os íseal.

Buaileann an clog don sos. Buíochas le Dia. Táim náirithe os comhair an ranga ar fad.

'A Eric,' a deir an múinteoir liom sula mbíonn deis agam éalú amach as an seomra, 'an bhféadfainn labhairt leat ar feadh nóiméid?' Féachann sí orm go hamhrasach. 'Cad a tharla ansin, a Eric? Shíl mé go raibh tú breá ábalta ag na ceisteanna sin. Níor thug tú oiread is freagra mícheart amháin an lá eile.'

Ní deirim rud ar bith agus féachaim síos ar an urlár.

I ndiaidh nóiméad nó dhó, deir Múinteoir Millín: 'Tá go maith, a Eric, scaoilfidh mé leat an uair seo. Ach ná tarlaíodh sé seo arís. Níor mhaith liom bheith ag smaoineamh go raibh caimiléireacht éigin ar siúl agat.'

Téim amach go dtí an pasáiste agus seasaim ansin ar feadh cúpla nóiméad ag smaoineamh ar an méid atá díreach i ndiaidh titim amach. Níl fonn orm dul amach go dtí an clós leis na páistí eile i ndiaidh an rud a tharla. Tar éis tamaillín, buaileann an clog agus tosaíonn na páistí eile ag teacht ar ais ón sos. Tá cuma bhreá shásta orthu. Téim féin isteach sa rang arís.

'Bhíomar ag spraoi le do mhadra,' a deir Ciara liom nuair a thagann sí isteach sa seomra ranga arís. 'Tá sé go hálainn. Ach tá dath beagáinín aisteach air!'

Féachaim amach an fhuinneog agus feicim an madra ar an gcosán taobh amuigh den gheata. Síleann gach duine gur liomsa é, agus anois má dhéanann sé rud ar bith mícheart cuirfear an milleán ormsa. B'fhearr liom dá n-imeodh sé leis.

21

Tuilleadh Trioblóide

Ag am lóin téimid ar fad amach go dtí an clós. Tá cuid de na páistí ag imirt peile, cuid eile ina suí thart ag caint is ag comhrá. Suím féin síos ar an mballa liom féin. Tagann an madra isteach an geata agus anall chugamsa. 'Amach leat. Ní féidir leat teacht isteach anseo,' a deirim leis. Ach suíonn sé ag mo chosa agus ní bhogann sé. I ndiaidh tamaill feicim Spud agus an Bhrúid ar an taobh eile den chlós. Feiceann an madra iad freisin agus tosaíonn sé ag éirí rud beag corraithe. Go tobann, seasann sé suas agus tosaíonn ag stánadh orthu. Bioraíonn sé a chluasa agus éiríonn sé chomh righin le dealbh, ach amháin go bhfuil sé ag crith rud beag. Ansin tosaíonn sé ag drannadh, agus feicim fiacla beaga géara istigh ina bhéal. Shíl mé gur madra cairdiúil a bhí sa mhadra seo, ach nílim róchinnte anois. Sílim gurbh fhearr dom greim a fháil air, ar eagla go ndéanfadh sé rud éigin aisteach. Seasaim suas agus cuirim mo lámh amach go mall chun greim a bhreith ar a choiléar. Ach sula mbíonn deis agam greim ceart a fháil air tugann an madra fogha faoi Spud agus an Bhrúid. Tá sé ag drannadh agus ag tafann go fíochmhar agus nuair a fheiceann Spud agus an Bhrúid é ag teacht ina dtreo ní bhogann siad ar feadh cúpla soicind. Ach cloiseann siad an drannadh ansin agus casann siad timpeall agus ritheann siad an méid atá ina gcorp uaidh. Ach ní stopann an madra. Ritheann an bheirt thart timpeall an chlóis agus an madra sna sála orthu an t-am ar fad. Nuair a fheiceann na daltaí iad stopann siad den pheil agus de na cluichí eile chun féachaint ar an rud atá ag titim amach. Bíonn cuid acu ag gáire ar dtús, ach ansin feiceann siad go bhfuil na fiacla nochta ag an madra agus stopann siad den gháire.

Rithim féin amach i lár an chlóis. B'fhéidir go mbeinn ábalta greim a fháil ar an madra. I ndiaidh nóiméid ritheann Spud agus an Bhrúid tharam agus iad ag scairteadh an t-am ar fad. Tagann an madra tharam ansin agus é ag drannadh fós. Táim ar tí iarracht a dhéanamh léim air nuair a fheicim an chuma fhíochmhar ina shúile. Tá a fhios agam ansin nach mbeinn ábalta é a stopadh mé féin, mar tá seans maith ann go dtabharfadh sé fúmsa chomh maith!

Ar an taobh eile den chlós, feicim Ciara agus í ag teacht amach as an scoil. Rithim anonn chuici.

'Cad atá ar siúl ansin?' a deir sí liom, agus imní le cloisteáil ina glór.

'Tháinig an madra sin ar ais, tá sé sa tóir ar Spud agus an Bhrúid anois.' a deirim. 'Caithfimid é a stopadh. Tá an chuma air go bhfuil sé ag iarraidh plaic a bhaint astu.'

'Ach nach leatsa an madra, a Eric?'

'Ní hea,' a deirimse léi. 'Ní liomsa in aon chor é, lean sé mé ar scoil ar maidin, ach ní fhaca mé roimhe sin é riamh.'

Féachaim uirthi agus scéin ar m'aghaidh.

'An dóigh leat gur ... gur Morf atá ann?' a deir sí ansin.

Ní thugaim aon fhreagra uirthi agus féachann sí orm go hamhrasach

'Ó, a Eric!' a deir sí, 'Téanam orainn anois!'

Beireann sí greim ar mhuinchille mo chóta agus tosaímid ag rith. Ach nuair a chasaimid timpeall feicimid go bhfuil an madra ag teacht inár dtreo anois. Níl sé ach cúpla troigh uainn agus tá sé chun fogha a thabhairt fúinne!

Tugann sé léim mhór faoi Chiara agus leagann sé go talamh í. Buaileann sí an talamh go trom. Cromaim síos go tapa agus stróicim an madra uaithi.

'Cad atá ar siúl agat, in ainm Dé?' a bhéicim. Ach casann an madra timpeall agus ritheann amach as geata na scoile agus síos an bóthar uainn.

Cuidím le Ciara éirí ina seasamh arís. 'An bhfuil tú ceart go leor?' a deirim léi.

'Níl ann ach cúpla scríob bheag,' a deir sí, ach is léir gur baineadh geit mhór aisti. 'Beidh mise i gceart, ach tá eagla orm go raibh an ceart againn faoi Mhorf.'

'Go deimhin,' a deirim. 'Caithfidh mé rud éigin a dhéanamh faoi seo. Caithfidh mé fáil réidh leis, ach níl a fhios agam conas a dhéanfaidh mé é sin!'

Cloisim glaoch ó dhoras na scoile ansin, 'A Eric, tar anseo anois go beo!'

An príomhoide atá ann ... táim i dtrioblóid arís.

Táim déanach ag teacht amach as an scoil ag deireadh an lae. Bhí orm dul go dtí oifig an phríomhoide arís. Shíl sí gur liomsa an madra agus gur mise a thug isteach sa chlós ag am lóin é. Ní mó ná sásta a bhí sí agus thug sí obair bhaile sa bhreis dom arís. Níl tásc ná tuairisc ar an madra sa chlós anois, ná ag geataí na scoile ach oiread. Is dócha go bhfuil sé bailithe leis le tamall fada. Ach tá Ciara ag fanacht liom amuigh ag an ngeata.

'Cén fáth a bhfuil tú fós anseo?' a fhiafraím di. 'An bhfuil tú ceart go leor?'

'Bhí mé ag fanacht ortsa. Sílim go bhfuil sé in am againn labhairt le do thuismitheoirí faoi Mhorf,' a deir sí.

'B'fhéidir go bhfuil an ceart agat. Tá sé ag éirí contúirteach anois. Caithfimid stop a chur leis bealach amháin nó bealach eile. Tá súil agam go mbeidh siad ábalta cabhrú linn.'

'Téanam ort, mar sin. Dúirt mé le mo thuismitheoirí go raibh mé ag dul chuig teach cara liom ar feadh uair an chloig, ach ní bheidh sin i bhfad ag dul thart. Seo linn!'

Nuair a thagaimid chomh fada leis an mbóthar, feicimid go bhfuil an maor tráchta bailithe léi cheana. Trasnaímid an bóthar gan cabhair uaithi ach nuair atáimid ar an taobh eile cloisimid guth taobh thiar dínn.

'Tusa!'

Casaimid timpeall agus cé atá ann ach an maor tráchta.

'Nach leatsa an madra sin a bhí ag crochadh thart ar maidin?' ar sí. Tá a bata á luascadh san aer aici.

'An bhfaca tú é?' a fhiafraím di.

'An bhfaca mé é? Bhí sé ag léim ar fud na háite. Ba bheag nár leag sé mé! Bhí sé ag iarraidh mo chomhartha a thógáil uaim.'

'Tá brón orm faoi sin!' a deirim léi. Casaim timpeall agus féachaim ar Chiara. Ritheann an bheirt againn i dtreo an tí sula mbíonn deis ag an maor breith suas linn. Cad eile a bhí ar siúl ag Morf inniu?

22

Sa Bhaile Arís

Ar ais sa teach, caithimid ár málaí scoile ar an urlár sa halla agus téimid i dtreo na cistine féachaint an bhfuil mo mháthair ann. Ach nuair atáimid ag siúl thar an seomra suí cloisim Sorcha agus Niamh istigh ann agus iad ag gáire.

Tá an doras ar leathadh beagán. Brúim isteach é agus baintear stangadh asam. Tá Sorcha agus Niamh ina suí ar an urlár ag súgradh le buachaill éigin. Ach ní hamháin sin, cheapfá gur mise atá ann, Eric eile!

Casann an Eric eile seo timpeall agus breathnaíonn orm. Déanann sé gáire gránna agus nuair a osclaíonn sé a bhéal nochtann sé a theanga ghránna bhuí. Féachann Ciara orm agus scéin le feiceáil ar a haghaidh.

'A Mhorf!' a deirim de bhéic. Stopann Morf den gháire agus tagann straois ar a aghaidh. Tá lí éigin ghlas ar a bheola tanaí.

'Fáilte abhaile, a Eric,' ar sé go deas réidh. Ach nuair a fheiceann sé Ciara taobh thiar díom tagann athrú ar a aghaidh. Stánann sé uirthi agus fuath ina shúile.

'Cad ... cad atá ar siúl agat, a Mhorf?'

'Arae, nílim ach ag súgradh le mo dheirfiúracha,' a deir sé. 'Mar is iad mo dheirfiúracha iad. Nach ea, a Eric? Mar gur deartháireacha muidne. Táimid an-chosúil lena chéile, a Eric, nach bhfuil? Tusa agus mise. B'fhéidir go mbeimis níos fearr as mar chúpla, fiú amháin.'

Tá Sorcha agus Niamh ag gáire. 'A Eric! A Eric!' a deir siad agus iad ag féachaint ormsa agus ansin ar Mhorf.

Is léir go bhfuil mearbhall orthu.

'Ní hiad do dheirfiúracha iad!' a deirimse. 'Ná ní deartháireacha muidne ach oiread.' Téim anonn chuig na cailíní agus cuirim mo lámha thart ar an mbeirt acu. Baineann Morf searradh as a ghuaillí. 'Nach ea? Nuair a d'fhill do mháthair ón siopa leis na leanaí, shíl sí go raibh tú ar ais sa bhaile cheana féin. Chuir sí fios ort teacht anuas an staighre chun faire ar na leanaí. Ní raibh tú ann. Ach tháinig mise síos i d'áitse. Níor léir do do mháthair nach tú a bhí ann. Nach ndéarfá go raibh muid cosúil le cúpla, mar sin?'

Breathnaíonn Morf ar Shorcha agus Niamh. Tá siad níos ciúine anois ná mar a bhí. Déanann Morf meangadh leo ach is meangadh gránna é. Ní maith leo é sin. Tá siad ag éirí beagáinín neamhchinnte faoi anois agus tosaíonn Sorcha ag caoineadh os íseal. Féachann Niamh ormsa agus amhras uirthi. B'fhearr liom na cailíní a thabhairt amach as an áit seo ar fad. Ach tá Morf idir muidne agus an doras. Níl aon bhealach éalaithe eile ann.

'Tá do mháthair gnóthach sa chistin,' a deir sé go bagrach, 'níor cheart dúinn cur isteach uirthi. Nílimse ach ag iarraidh cabhrú léi. Nár luaigh mé leat nuair a tháinig mé anseo ar dtús go ndéanfainn rudaí beaga thart faoin teach do do thuismitheoirí agus nach mbeadh a fhios acu gur mise a rinne iad. Cheap mé go raibh tú lánsásta leis an margadh sin. Nó an bhfuil tú

78

ag iarraidh dul siar air sin anois, a Eric?'

Cuireann Ciara cogar i mo chluas ansin. 'A Eric,' a deir sí, 'ní féidir linn ligean dó fanacht anseo. Ní ag iarraidh bheith mar dheartháir agat atá seisean. Tá sé ag iarraidh d'áit a ghlacadh sa teaghlach!' Ní chloiseann Morf an méid a deir sí, ach cuireann sé fearg air go bhfuil sí ag caint liom fiú amháin.

'Ar mhaith leat cumhachtaí a bheith agat, a Eric, faoi mar atá agamsa? Ach beidh orainn fáil réidh léi sin ar dtús,' a deir sé agus é ag féachaint ar Chiara.

Síneann sé a mhéar amach i dtreo na mbábóg atá ina luí ar an tolg agus ritheann creathán trína mhéar. Éiríonn na bábóga den tolg, léimeann siad síos ar an urlár agus tosaíonn ag siúl inár dtreo. Tá loinnir éigin bhuí sna súile acu agus tá a n-aghaidheanna tar éis athrú beagán – tá cuma ghránna anois orthu. 'Mama! Mama!' a deir siad.

Tosaíonn Sorcha agus Niamh ag gol anois mar nach dtuigeann siad cad atá ar siúl anseo ar chor ar bith. Caithfidh mé rud éigin a dhéanamh chun iad a chosaint ar Mhorf. Ach cad is féidir liom a dhéanamh? Ardaím Sorcha i mo bhaclainn, agus faigheann Ciara greim ar Niamh chun í a chosaint.

Nuair a thagann na bábóga chomh fada liom, tugaim cic mór dóibh, ceann i ndiaidh a chéile, agus buailim trasna an tseomra iad. Buaileann siad an balla agus titeann síos. Pléascann Sorcha agus

Niamh amach ag gol.

'Ní bheimid ag fáil réidh le duine ar bith,' a deirimse le Morf. 'Is í Ciara mo chara.'

Baineann sé sin siar as Morf.

'Ach is mise do chara, a Eric,' a deir sé. 'Nach cara maith a bhí ionam? Nár chabhraigh mé leat ar scoil – leis an scrúdú, leis an scéal agus leis an iománaíocht? Bhí tú breá sásta cara mar mise a bheith agat an uair sin.'

'Níor iarr mé ort aon cheann de na rudaí sin a dhéanamh, a Mhorf. Agus níor tháinig ach trioblóid astu ar fad.'

Éiríonn Morf an-chorraithe faoi sin. 'A Eric,' a deir sé, 'nach raibh tú i gcónaí á rá go raibh cara uait? Nó deartháir féin? Duine le bheith i do theannta agus tú ag dul ar scoil? Duine éigin a dhéanfadh na ceachtanna leat? Duine éigin ar aon fhoireann spóirt leat?'

'Tá an ceart agat, a Mhorf,' a deirim. 'Ach na rudaí a rinne tusa, níor chruthaigh siad ach trioblóid. Bhí tusa ag iarraidh díobháil a dhéanamh do dhaoine. Ní hé sin a bhí uaim in aon chor. Ní dhéanfadh cara ceart é sin! Ní dhéanfadh Ciara a leithéid.'

Nuair a chloiseann Morf an méid sin, imíonn an cineáltas ar fad uaidh. Feicim loinnir feirge ina shúile dorcha.

'Tá go maith,' a deir sé. 'Bíodh sé mar sin agat!'

Os mo chomhair amach tagann athrú ar Mhorf.

Iompaíonn sé ar ais ann féin arís – an spásfhirín – ach go bhfuil sé i bhfad níos mó anois ná mar a bhí sé. Is gránna an neach é. Tosaíonn sé ag déanamh orainn go mall agus go bagrach. Tá na bábóga i ndiaidh múscailt agus tá siad ag déanamh orainn chomh maith.

Tugaim céim nó dhó siar. Tá Sorcha i mo bhaclainn fós agus tá Ciara agus Niamh in aice linn. Tá mo chroí ag bualadh istigh i mo chliabh, ag bualadh go láidir is go tapa. Níl a fhios agam cad is féidir liom a dhéanamh faoin arracht seo atá ag teacht inár dtreo. Tá sé ag teacht níos cóngaraí dúinn an t-am ar fad agus é ag drannadh anois go gránna. Táimidne ag cúlú isteach sa chúinne. Beimid gafa ar fad mura ndéanfaimid rud éigin. Níl rogha ar bith agam, caithfimid an fód a sheasamh ina choinne.

Cuirim Sorcha síos in aice le Ciara agus Niamh agus seasaim amach os a gcomhair ansin.

'A Mhorf,' a deirim, 'níl aon eagla orm romhat níos mó. Imigh leat anois.'

Baineann sé sin siar as Morf. Stadann sé nóiméad agus é gan a bheith lánchinnte de féin. Tá mo chroí ag bualadh go láidir fós agus tá mo lámha ag crith. Ach feicim go bhfuil Morf idir dhá chomhairle. Tugann sin misneach dom agus tugaim céim nó dhó chun tosaigh. 'Imigh leat, a Mhorf,' a deirim leis, agus cloisim go bhfuil mo ghlór níos airde agus níos láidre anois. 'Nár chuala tú mé? Níl aon fháilte romhat sa teach seo níos mó!'

Stopann Morf ar fad an-uair seo agus féachann sé timpeall air féin go hamhrasach – tá sé ag obair is léir. Féachann sé ormsa, féachann sé ar Chiara ansin agus ansin casann sé ar mo dheirfiúracha. 'A Niamh, a Shorcha, tagaigí anseo chuig do chara Morf,' a deir sé, agus é ag iarraidh iad a mhealladh. Tosaíonn na cailíní ag gol arís. Déanann Morf iarracht amháin eile, ritheann sé anall chugainn agus déanann sé iarracht Sorcha a sciobadh uainn lena lámha fada glasa. Ach beireann Ciara greim uirthi agus ardaíonn sí ina baclainn í.

'Sin sin,' a deirim liom féin. Nílim chun ligean dó leanúint leis seo. Tugaim léim ina threo agus sínim amach mo dhá lámh chun greim scrogaill a bhreith air. Casann sé agus féachann sé idir an dá shúil orm. Ag an meandar sin sula mbeirim greim air feicim rud éigin ar a aghaidh nach bhfaca mé ann cheana – eagla. Ansin, chomh luath agus a theagmhaíonn mo lámh leis lasann splanc gheal an seomra ar fad agus dallann sé mé ar feadh soicind. Titim ar an urlár san áit a raibh Morf, ach tá Morf é féin imithe. Féachaim ar Chiara agus ar mo dheirfiúracha agus déanann siad ar fad meangadh liom. Tá sé imithe is cosúil.

Leis sin, tagann Mam isteach sa seomra agus féachann sí tímpeall. 'A Eric,' a deir sí, 'cad atá ar siúl? Ní dúirt tú liom go raibh cara anseo leat. An bhfuil tú ag iarraidh muid a chur in aithne dá chéile?'

'Is mise Ciara,' a deir Ciara léi. 'Táim san aon rang le Eric.'

'Agus an bhfuil a fhios ag do thuismitheoirí go bhfuil tú anseo, a Chiara?'

'Tá, ach beidh orm imeacht abhaile anois ar aon chuma.'

'Tá go maith, a stór,' a deir Mam.

'Cad atá ar na leanaí, a Eric? Cén fáth a bhfuil siad ag gol?' a deir Mam ansin.

'Thit na bábóga ar an urlár agus briseadh iad. Bhí Eric ag iarraidh iad a cheansú,' a deir Ciara go tapa.

Ardaíonn Mam Niamh agus Sorcha agus tugann sí amach as an seomra iad.

Nuair atá Mam imithe amach as an seomra féachann Ciara orm agus croitheann sí a ceann.

'Buíochas mór le Dia, a Eric,' a deir sí. 'An dóigh leat go bhfuil sé imithe ar fad?'

'Sílim é,' a deirimse. 'Is dóigh liom gur chaill sé a neart nuair a thuig sé go mbeimis sásta an fód a sheasamh ina choinne, ní raibh ann ach bulaí beag ar deireadh.'

'Bhuel, le cúnamh Dé sin deireadh leis anois. Agus ní raibh orainn an scéal a insint do do thuismitheoirí!'

'Buíochas le Dia,' a deirimse léi. 'Déarfainn go mbeidís ag iarraidh muid a chaitheamh isteach i dteach na ngealt dá gcloisfidís an scéal sin ar fad!'

23

Athchúrsáil

Níos moille an tráthnóna sin, tagann Mam isteach chuig mo sheomra. Ba cheart dom a bheith ag luí isteach ar an obair bhaile, ach ní féidir liom smaoineamh ar rud ar bith ach Morf. An féidir go bhfuil sé imithe ar fad?

'A Eric,' a deir Mam liom. 'Bhí sé ar intinn agam dul go dtí an t-ionad athchúrsála le coicís anuas. Caithfimid fáil réidh leis an gcrann Nollag agus na buidéil ar fad. An dtabharfá lámh chúnta dom anois leis?

'Cinnte,' a deirim léi. De ghnáth ní bheadh fonn dá laghad orm dul go dtí an t-ionad athchúrsála, ach inniu dhéanfainn rud ar bith le m'intinn a bhaint de chúrsaí eile.

Ag an ionad athchúrsála cuirim féin agus Mam boscaí cairtchláir isteach san araid mhór. Téann Mam ansin chun labhairt leis an bhfear cúraim mar gheall ar an gcrann Nollag, agus caithimse na buidéil fholmha isteach sna haraidí eile.

Táim nach mór críochnaithe leis na buidéil nuair a fheicim Ciara agus a hathair ag teacht isteach an geata. Caithfidh sé go bhfuil siadsan ag déanamh roinnt athchúrsála freisin. Déanaim meangadh le Ciara. Téann a hathair anonn chuig mo mháthair agus an fear cúraim agus tosaíonn sé ag caint leo.

'Bhí mé ag smaoineamh,' arsa Ciara. 'Táimse i mo bhall de chlub spóirt. Buailimid le chéile gach Satharn. An mbeadh aon suim agat páirt a ghlacadh ann?'

'N'fheadar an mbeinn maith go leor chuige sin. Tá a fhios agat go raibh cabhair agam an lá faoi dheireadh agus mé ag imirt sa chluiche iománaíochta. Níl mé go maith ag an spórt i ndáiríre.'

'Bhuel táim cinnte go mbeidh tú go breá. Téann go leor daoine ón scoil ann. Níl ann ach píosa spraoi, is cuma cé chomh maith is atá tú, i ndáiríre.'

'Caithfidh mé ceist a chur ar mo mháthair, ach ba bhreá liom é.'

Feicim an fear cúraim anois ag tógáil ár gcrann Nollag ón mbúit. Tá sé in am againn dul abhaile arís. Fágaim slán le Ciara. 'B'fhéidir go bhfeicfidh mé ag an gclub spóirt thú, mar sin,' a deirim agus miongháire ar m'aghaidh.

Déanann sí miongháire ar ais liom. 'Feicfidh mé ar scoil thú ar aon chuma.'

An tráthnóna sin, breathnaím amach an fhuinneog Tá sé dorcha amuigh agus tá cúpla réalta sa spéir. Níl a fhios agam cá bhfuil Morf anois, ach tá súil agam go bhfuil sé bailithe leis, go brách.

Díreach agus mé ar tí na cuirtíní a dhúnadh cloisim gáire sa tsráid thíos. Spud agus an Bhrúid atá ann agus iad ag imirt peile amuigh ar an tsráid. Ar feadh soicind beag amháin, téann an liathróid ar an gcosán agus isteach faoi sholas an lampa sráide. Feicim gur dath glas atá uirthi agus, mura bhfuil dul amú orm, tá sí breac le réaltaí beaga buí.